Jean-Sébastien Bach

DU MÊME AUTEUR

Chez le même éditeur

L'Enfer, 1986
Loin de Lyon, 1986
La Machine, 1990
Remarques, 1991
Les Grandes Espérances de Charles Dickens, 1994
Régis Mille l'éventreur, 1996
Ville de la peur, 1997
Histoires d'une vie. Remarques 2, 1998
Créature, 2000
Mourir, 2002
Petit traité de la vie et de la mort, 2003
Coda, 2005
Le Revenant, 2006
Sur la terre comme au ciel, 2006
Le Temps mort, 2006
Hors la loi, 2010
Livre d'histoire, 2011
Somme toute, 2011
Film noir, 2011
Le Livre, 2014
Être, 2018

René Belletto

Jean-Sébastien Bach

P.O.L
33, rue Saint-André-des-Arts, Paris 6[e]

ISBN : 978-2-8180-5916-6
www.pol-editeur.com

Fugue

Séduit par le destin, on s'abandonne volontiers à une analyse irréelle du monde, à la grâce prévue et imprévue (voire improvisée) d'une trame mystérieuse et quasi surnaturelle qui révèle toutes apparences, ces apparences n'étant que le fruit (musical ?) d'un mélange troublant d'absence totale irrémédiablement inscrite dès la première note et d'un jaillissement vital perpétuel – une prison à l'intérieur de laquelle on se meut avec une liberté souveraine, autant parler d'une fugue de Bach, la vie serait telle une partition.

Vie et mort

Le musicien ancien est un magicien (musicien, ancien, magicien : nos mots s'appellent les uns les autres à l'image des notes d'une partition), un magicien qui imite les dieux et recrée le monde, et l'art de ses notes se différencie mal de l'art des lettres et de l'art des chiffres, si bien que son art musical ancien dissimule plus d'un secret dans ses compositions.

Bach : le symbolisme numérique est constant dans son œuvre.

Quaerendo invenietis (en tête d'un canon de *L'Offrande musicale*).

(Josquin des Prés : *Qui quaerit invenit.*)

Mercis

Obsessions monothématiques, répétitions, parallélismes, symétries, imitations, renversements, parodies, *fuga* (« fugue, fuite ») et *ricercar* (« recherche »), les mots se ruent sur le papier qui les porte (et qu'ils portent) par avidité de la connaissance – merci à Ursula Kirkendale, écrivaine passionnée de Bach et merci au merveilleux Alberto Basso qui écrit dans *Frau Musica* : « En éliminant les éléments de moindre importance, le schéma général de *L'Offrande musicale* peut se ramener aux points essentiels de l'*Oratio* tels que les détermine Quintilien, disciple de Cicéron. » Il étudie aussi le symbolisme numérique, étonnant d'abondance et de complexité, du chœur de la cantate BWV 50.

Travail, argent, survie

Souvenons-nous de Bach enfant, qui perdit sa mère à neuf ans et son père à dix. Recueilli par un frère aîné, il a dû travailler (métier musical il est vrai) pour rapporter à la maison l'argent de sa subsistance. Ensuite, il s'est épuisé pour se faire une place (la première, toutes époques et toutes catégories confondues) et pour nourrir sa propre famille.

Du fait de l'œuvre dans laquelle on enfouit (et recherche) un secret, du fait d'une dernière œuvre inachevée et mystérieuse, et d'une obsession infinie qui semble ramener à un état d'avant soi et d'avant le monde ou amener plus loin que soi et plus loin que le monde, en tout cas hors du monde – parce que cette obsession soumet tout être à sa loi explosive et secrète et engendre une sorte de refuge maudit qui nous aspire irrémédiablement et sans cesse, sorte de spirale éternelle (« spirale éternelle » : nous empruntons le titre d'une pièce célèbre pour guitare du Cubain Leo Brouwer) –, Bach semble engendrer musicalement quelque corps (féminin autant que masculin, maternel, enfantin), et revenir inlassablement sur ses œuvres même anciennes comme s'il cherchait à se consoler de la perte de ce corps en le retrouvant et le reconstituant et le perfectionnant – alors qu'il est au sommet de sa perfection.

L’homme et l’œuvre

À notre connaissance, aucun musicien ne donne autant l’impression d’être devenu « un autre » que Jean-Sébastien Bach. Comment alors parler de soi quand on s’est ainsi transformé, comment en dire plus de soi (et de l’homme) que n’en dit l’œuvre ?

Il en dit tout, donc rien – donc tout.

Ce n’est qu’après Bach que les compositeurs, à commencer par ses fils, se mettront à parler pour ainsi dire explicitement d’eux-mêmes dans leurs œuvres. Quand, à la fin de sa vie, il écrit *L’Art de la fugue* (Luc-André Marcel : « Quinze fugues, 1 + 5 = 6, nombre parfait aux yeux de Bach »), selon un mouvement amorcé depuis longtemps (*Offrande musicale*, *Variations Goldberg*, *Suites pour violoncelle*, etc.), voire depuis toujours, Bach revient en lui-même, agrandit à l'infini le cercle de son obsession, et lui aussi bascule, contrarié (aidé ?) par la cécité et par des souffrances physiques, après avoir introduit son nom, comme il le fait souvent, sous une forme codée (*si* bémol, *la*, *do*, *si* bécarre, « un douloureux chromatisme en escalier », pour Paule du Bouchet dans son *Bach*), dans cette fugue, il s'interrompt, il la laisse inachevée : « Le trop beau cercle se fêle à un endroit par où Bach lui-même disparaît », écrit Luc-André Marcel.

Que Bach s'arrête (à 6, « sixième fugue ») n'est pas ressenti comme une défaite, mais comme une victoire, non comme un vide mais comme une plénitude, Bach est un lutteur, dans sa vie comme dans son art.

On dirait qu'il a choisi de disparaître, qu'il s'est conformé le moment venu aux événements du destin qu'il avait prévus d'avance. Dans *Bach et l'orgue*, Georges Guillard évoque un article de Jean-Jacques Duparcq (« Contribution à l'étude des proportions numériques dans l'œuvre de Bach »), lequel souligne l'étroite parenté entre la pensée de Bach (1685-1750) et le génie philosophique de Leibniz (1646-1716). Pour Leibniz (un autre enfant à sa façon), une mathématique divine s'exerçait à l'origine des choses (*Dum Deus calculat et cogitationem exercet, fit mundus*). Il en résulte que la nature est semblable à l'ordre des pensées de Dieu, la volonté n'agit pas pour créer le possible mais pour le faire durer. Le rapprochement est aussi suggéré par Mats Klingfors qui, dans *Le symbolisme des nombres*, volume 17, *Cantates,* enregistrées par Telefunken, rappelle la si belle idée de Leibniz : « La musique est un calcul secret de l'âme. » Certains, s'appuyant sur l'intérêt de Bach pour la symbolique des nombres et son utilisation à la fois vaste et minutieuse, ainsi que sur l'importance du nombre de mesures total d'un morceau ou d'un ensemble de morceaux, insinuent même (Georges Guillard) que Bach a « prédit et inscrit le jour de sa mort dans le *Petit livre d'orgue*, l'*Orgelbüchlein* ». Kees van Houten, en rappelant que le plan original n'a jamais été réalisé – volontairement ou non – (car il existe plus d'entreprises inachevées qu'on ne croit dans Bach, et l'on dirait que si *L'Art de la fugue* est inachevé, c'est parce que Bach l'a voulu ainsi), souligne que les chorals de la Passion et de Pâques (donc de la Mort et de la Vie) sont au nombre respectivement de 7 et 6 = 13, et comptent 285 mesures. Mais on oublie trop souvent de préciser qu'entre la Passion et Pâques se trouvent les deux mesures initiales du choral *O Traurigkeit* (joué pour les enterrements). Ce choral inachevé, entre Passion et Résurrection, dont les voix se taisent les unes après les autres, peut figurer le moment de la mort. Et le nouveau total, infiniment troublant, se présente ainsi : 14 (= Bach) chorals, 287 mesures, soit 28-7, que l'on peut lire ainsi : 28 juillet (1750), mort de Bach.

Titres

Qui dit obsession dit destin, l'obsession se mue en destin, la mort est donc prévue au programme. Kleist se suicide en même temps que son amie Henriette Vogel, semblant se conformer à une anecdote que l'on trouverait dans un recueil de ses textes rassemblés sous le titre *Anecdotes et petits écrits*. Le destin, la loi, les images maternelles et paternelles, le feu, les animaux, le combat avec le double, etc., y sont omniprésents. Citons quelques titres de ces « anecdotes » : *Exemple inouï de folie incendiaire, Amour maternel, Une prophétie remarquable, À propos d'une substantielle amélioration appor-*

tée au clavier des instruments à touches, Une étrange histoire de duel, D'un enfant qui naïvement en assassine un autre...

(Une étude sur Heinrich von Kleist ferait forcément surgir le nom de Franz Kafka, qui le comptait parmi ses auteurs favoris, et ferait aussi surgir le nom de Bach, qui modifia le texte de départ de sa cantate *Komm, du süße Todesstunde* (*Viens, douce heure de la mort*), introduisant la phrase : « Et si je ne puis avoir que la consolation de mourir bientôt dans les bras de Jésus [...] ».) Le même Bach écrivit un chant à l'intention de sa deuxième épouse :

« Si tu es près de moi
J'irai avec joie
Vers ma mort et vers mon repos
Combien ma mort serait heureuse
Tes douces mains fermeraient mes yeux fidèles. »

Voici une « Anecdote » écrite par Kleist (qui à l'origine ne se rapporte pas à

Jean-Sébastien Bach mais au violoniste et compositeur Georg Anton Benda, 1722-1795) : « Bach, lorsque sa femme mourut, dut prendre des dispositions pour son enterrement. Mais le pauvre homme avait l'habitude de s'en remettre à sa femme pour toutes choses; en sorte que, lorsqu'un vieux serviteur vint lui demander de l'argent pour acheter du crêpe, il répondit, pleurant en silence, la tête appuyée sur une table : "Demandez à ma femme !" »

Plus réelle et plus longue est l'histoire de la « querelle des préfets » qui, à partir de septembre 1734, opposa Bach au recteur de la Thomasschule de Leipzig, Johann August Ernesti, concernant la nomination d'un préfet de chœur. Bach (capable de crises de colère, de chagrin et sans doute de rire) subit certes au départ une injustice flagrante, mais sans proportion avec la véritable guerre qui s'ensuivit entre lui et Ernesti et qui dura des mois.

Quelques incidents violents eurent lieu : de force, Bach exclut du service des vêpres le mauvais musicien imposé par Ernesti, écrivit requête sur requête, alerta toutes les autorités possibles, et lorsqu'en octobre de l'année suivante il s'adressa directement au pouvoir central, au souverain, on se rappelle l'attitude et les démarches de Michael Kohlhaas, le plus grand têtu de l'histoire des lettres.

Obsession, destin, entêtement : à partir du vol de trois chevaux dans la nouvelle de Kleist *Michael Kohlhaas*, à partir de la nomination abusive d'un préfet (Bach dépossédé de ses droits), à partir du désir vital et mortel, et presque trop obstiné, de se sauver d'une mystérieuse accusation (Kafka, *Le Procès*) ou de réaliser sans relâche – comme pour se réaliser soi-même – un non moins mystérieux projet (*L'Adolescent* de Dostoïevski) ou d'arracher un terrible secret à deux enfants (*Le*

Tour d'écrou, Henry James) ou de retrouver un trésor (*L'Île au trésor*, Stevenson) ou de devenir à toute force propriétaire, par un étrange vol, d'une foule de paysans morts (*Les Âmes mortes*, Nicolas Gogol), ou à partir d'un thème musical « dérobé » à un souverain (*L'Offrande musicale*) ou rappelant (imitant presque) ce thème (*L'Art de la fugue*), ou dérobé à soi-même, la première aria (14 mesures, 2 fois 7) des *Variations Goldberg*, etc., tout se produit, se fabrique, s'engendre, se crée – et croît un autre monde.

Thème

Risquons un rapprochement de principe entre un roman et les *Variations Goldberg*, ou la *Chaconne* de la *Partita en* ré *mineur pour violon seul* (seul, mais faisant entendre bien des voix), ou *L'Art de la fugue*, etc. : « Toute création n'est qu'une suite de variations à partir d'un élan, d'une couleur, d'une donnée fondamentale, initiale », écrit Pierre Vidal dans *Bach et la machine-orgue*.

Le thème musical peut être une cellule simple qui contient en germe les variations futures, des métamorphoses de toutes sortes, y compris celles qui le détruisent, tant il est vrai que dans l'art véritable de la variation le point de départ est aussi, paradoxalement, un point de mire que le créateur semble s'acharner à pulvériser, c'est vrai dans les *Variations Diabelli* de Beethoven, mais c'était déjà vrai, ô combien, dans les *Variations Goldberg.*

Lorsque, dans la dernière de ces variations, Bach cite (entre autres) une chanson populaire qui dit : « choux et raves m'ont chassé ; si ma mère avait fait de la viande, je ne serais pas parti », certains exégètes vont jusqu'à émettre l'hypothèse que Bach, dans ces paroles, aurait comme fait parler le thème, lequel constaterait que choux et raves l'ont chassé de la partition…

« Univers clos, parfaitement réglé sur ses lois, fascinant jusqu'à l'hypnose », dit Gilles Cantagrel à propos des *Variations Goldberg.* Le créateur pose lui-même le problème qu'il va résoudre, se fixe une loi, définit un destin auquel il va se conformer, de sorte que tout est dit d'emblée, et que, malgré les surprises à la fois prévues et imprévisibles de ce qui va se dire en chemin, la fin ramène au début, le point d'arrivée est aussi le point de départ. L'aria d'où sont nées les variations de Bach revient à elle, les notes sont les mêmes, pourtant l'aria s'est nourrie de ses imitations, de ses transformations, de ses morts et de ses renaissances, elle s'est forgée par magie et par alchimie, elle s'est transmuée sous nos yeux, enrichie du monde, qui alors s'évanouit : « Quand j'eus fini (de jouer la *Chaconne en* ré *mineur*), répétant une ultime fois le thème dans un étrange état de sécurité heureuse, sans éloquence aucune, simplement réconforté par cette remontée à la source, ce retour à l'essence, j'eus la sensation de me mouvoir dans le vide », dit l'écrivain et musicien Georges Piroué.

Le vertige du plein est aussi le vertige du vide : c'est ce que l'on ressent au plus fort d'un chœur polyphonique de Bach, au moment où la plus grande complexité, le plus grand enchevêtrement, la plus grande obscurité engendrent la plus exaltante libération et la plus merveilleuse clarté.

Comme si des créateurs tels que Bach faisaient de leur œuvre un refuge à l'image de ce qui leur a manqué et nous y attiraient, toute réunion symbolisant alors la réunion originelle manquée d'une manière ou d'une autre.

Deux voix

La question est de s'unir à soi-même. Deux voix avancent ensemble, ou se poursuivent, ou se mêlent, ou s'affrontent – qui sont ces *courbes parallèles ou contrariées* dont parle Debussy à propos de Bach ? L'œuvre de Bach pourrait être considérée comme un système à deux voix : voix + voix, voix + instruments, instrument + instrument, système prélude + fugue, ou encore instrument + orchestre, ou instrument + orchestre « traduit » pour clavier seul, ce qui oblige l'exécutant, dit Jean-François Labie, « à maintenir sans cesse l'illusion d'un jeu de contrastes et d'oppositions ».

Comment ne pas penser aux quatre et vertigineux *Duetti* publiés en 1739 par Bach ? Ils semblent le reflet troublant, approfondi, complexifié des *Inventions à deux voix* de 1723, « froideur d'exposition comparable à celle d'une partie d'échecs » dit Alberto Basso : nous pensons au *Joueur d'échecs*, de Stefan Zweig qui fut propriétaire du manuscrit autographe de la cantate BWV 5.

Quodlibets, humour

« Il y a longtemps que je ne suis plus auprès de toi ; rapproche-toi, rapproche-toi de moi » : paroles, on le sait, de l'une des deux chansons populaires que Bach a citées dans la dernière des *Variations Goldberg*, l'autre étant l'histoire des choux et des raves. Venons-en aux *quodlibets*, forme musicale de l'époque, à l'origine fête où tout le monde chante tout, pot-pourri d'airs à la mode, polyphonie drolatique, que Bach appréciait notamment au cours de grands regroupements familiaux.

Lucien Rebatet parle dans *Une histoire de la musique* de ces « fêtes de famille qui réunissaient jusqu'à cent vingt Bach pour chanter en chœur autant que l'on buvait, d'abord un grave choral en l'honneur des défunts, ensuite des chansons gaillardes, puis des canons improvisés, les *quodlibets,* où l'on faisait assaut de verve et de virtuosité ».

Les narrateurs du mystère, du secret (« cherchez et vous trouverez ») suscitent notre besoin de savoir à tout prix. Œuvres codées, absence totale de gratuité, voilà ce que nous donne Bach (qui se fit représenter, célèbre portrait d'Haussmann de 1746, tenant à la main un « canon énigmatique » des *Variations Goldberg*).

À propos d'« absence de gratuité », de double sens, n'oublions pas l'humour de Jean-Sébastien Bach, son comique au cours des *quodlibets*, donc, ou dans la « cantate burlesque » BWV 212, *Nous avons un nouveau gouverneur*, idylle paysanne sur fond de collecte d'impôts problématique et de scènes d'auberge, un peu dans le genre « chansonnier », avec justement des citations de chansons populaires proches de celles qui sont citées dans les *Variations Goldberg*.

Un comique, un « gros comique » à l'humour plus destructeur apparaît, malgré le ton pompeux et officiel, dans les nombreuses requêtes que Bach adressa aux autorités pour tenter d'améliorer, outre son propre sort, la qualité des chanteurs et des instrumentistes qu'il devait faire travailler. Car il fut un « organisateur de spectacles », et il eut trop souvent à entendre de mauvaises interprétations, qui lui inspiraient des remarques dévastatrices selon le procédé de la surenchère et du coup de grâce, quand on croit que tout est dit : « Le nombre de personnes affectées à la musique sacrée est de 8, soit 4 musiciens à vent municipaux, 3 violonistes professionnels et 1 compagnon. La politesse m'interdit toutefois de parler selon la vérité de leurs *qualités* et de leur savoir musical. Il faut cependant *considérer* que pour une part, ils ont passé l'âge de chanter, et que, d'autre part, ils n'ont pas l'entraînement qu'ils devraient avoir. » Fou rire, étonnante exagération, saturation du champ du possible jusqu'au dernier centimètre carré. Sur ce sujet, parlerons-nous de Vivaldi et de Marcello ? Oui, Vivaldi, l'un des grands imités par Bach, avait une sorte de double inverse, d'ailleurs attaché à lui par des liens de famille, Benedetto Marcello (lui-même imité, transcrit par Bach). Marcello qui sur bien des plans était le contraire de Vivaldi et qui rédigea une satire, *Il Teatro alla moda*, qui visait Vivaldi organisateur de spectacles et ses collaborateurs du théâtre San Angelo, satire d'une extrême drôlerie destructrice sous forme de faux conseils (à la manière de Swift), par exemple à l'impresario : « Les soirs où la recette aura été médiocre, l'impresario moderne permettra aux artistes de chanter à mi-voix », au compositeur : « Il se gardera bien de lire l'opéra en entier, de peur de s'embrouiller », aux musiciens, par exemple aux contrebassistes, qui devront veiller « à ce que la dernière corde de l'instrument ne soit jamais juste », et qui « rangeront leur instrument dès le milieu du troisième acte », etc.

Bach improvisa à la demande de Frédéric II une fugue à trois voix (sur un thème qui allait donner naissance à *L'Offrande musicale*). Il rentrait de voyage et improvisa sans difficulté, puis le roi pour avoir le dernier mot demanda une fugue à six voix : « ah ! Il serait bien allé jusqu'à douze pour le vaincre », nous dit Luc-André Marcel.

La lutte pour la vie

Là où nous en sommes, on pourrait parler de deux formes d'« inexistence », souvent liées entre elles, avec une « victime » portée à combattre les problèmes familiaux en une farouche lutte pour la vie, afin de devenir quelqu'un socialement. Farouche en effet si l'on songe à l'adversité matérielle que dut affronter Bach, le froid, la faim, les logements peu salubres, la gestion d'un budget souvent dérisoire (s'acheter des vêtements ou un instrument de musique ?) – Bach privé d'études universitaires, Bach enseignant à des élèves pauvres, sous-alimentés, forcés à une semimendicité dans les rues pour subsister (un peu d'argent contre leurs talents musicaux, contre leurs chants), et qui prennent froid l'hiver, meurent parfois, communiquent leurs germes à Bach qui les communique à ses propres bébés (Bach fut un grand faiseur d'enfants).

Élevé par son frère aîné Johann Christoph, il gagnait sa vie en chantant (très belle voix de soprano, selon les témoignages), rapportant l'argent à la maison. Exploité par ses parents adoptifs ? Certes pas. On peut même penser que l'entraide familiale caractéristique des Bach le sauva d'un sort bien pire. Un fait reste troublant, néanmoins : Johann Christoph ne se réjouit peut-être pas sans réserve des progrès musicaux de Jean-Sébastien, et il arriva qu'il lui confisque des partitions, copiées ensuite pour son propre compte. Bach dut continuer son travail en cachette, la nuit, sans chandelle pour ne pas se trahir, à la lueur de la lune, mais parfois il se faisait prendre et de nouveau, son manuscrit était confisqué.

Deux hypothèses des commentateurs : le frère-père adoptif était jaloux des dons de son cadet, et l'effort que Bach imposa alors à ses yeux n'est peut-être pas sans rapport avec sa cécité future.

À propos de cécité, disons un mot de Haendel, un heureux double de Bach, né comme lui en 1685 – de même que Scarlatti, l'homme aux cinq cents sonates si semblables et si différentes –, Haendel mort aveugle, et qui avait dû surmonter l'opposition paternelle pour suivre sa vocation (comme Pablo Casals pour suivre sa vocation de violoncelliste).

Bach et l'imitation

Celui qui n'existe pas imite pour exister. Enfanter, s'enfanter : l'inexistant engendre et s'engendre, il est à la fois pour lui-même et pour les autres père, mère et bébé. Bach imite tout, donc engendre tout, y compris, si totale est l'imitation et puissant son génie, ses précurseurs, qu'il dépossède de leur identité, qu'il vide de leur substance, qu'il réduit parfois – et ce peut être injuste – à des noms figurant dans des notes de bas de page au chapitre « Bach » des histoires de la musique. Il est celui qui a tout imité, qui s'est nourri de tout, qui a tout mangé, par conséquent est devenu une nourriture totale et attire irrésistiblement ceux qui ont manqué, ceux qui ont été dépossédés d'eux-mêmes et ainsi sont restés (plus ou moins, bien sûr, et de mille manières diverses) enfants et même bébés.

S'il est un compositeur qui a beaucoup « manqué », et qui pour cette raison est devenu « fils de Bach », c'est Debussy : « Le vieux J.-S. Bach, notre père à tous », écrit-il, entre autres formules de vénération et d'affection, dans *Monsieur Croche*...

Debussy et Bach

Répétitions, obstination, enveloppement quasi hypnotique, tels sont les points communs (parmi d'autres) qui unissent Debussy et Bach – mais pas d'imitation explicite de Bach chez Debussy, pas de fugue par exemple, peut-être par décision inconsciente, par peur d'être anéanti, parce qu'il est interdit d'imiter le père : « Bach, c'est le Bon Dieu de la Musique. Derrière la porte, il y aurait Mozart, Beethoven, Wagner, ils demanderaient à entendre *Pelléas*, je dirais : qu'ils entrent ! S'il y avait le vieux Bach, jamais ! Jamais je n'oserais jouer *Pelléas* devant lui ! » (Tandis que Bach : « Je joue toujours comme si le meilleur musicien du monde était là pour m'écouter. »)

Pour Harry Halbreich, *Pagodes* est « dominé de bout en bout par un thème pentaphone obstiné », et *La Soirée dans Grenade* rappelle le *flamenco*, « mélodie expressive de la main gauche à la mesure 7 », nous explique-t-il dans son analyse, « élément de flamenco adoptant la gamme gitane », « puis, après cette introduction, le motif de guitare des mesures 17-18 », bien caractéristique – sans parler de *La Sérénade interrompue*, l'une des pièces, dit Lockspeiser, « les plus totalement ibériques de Debussy : la tessiture même, réduite à trois octaves, est celle de la guitare, et la gamme gitane s'épanouit par moments en libres mélismes du genre copla ["copla" : couplet, chanson, de quelques vers seulement, dans le chant flamenco], tels que Ravel en écrit également dans son *Alborada del gracioso*. On en retrouvera le principe jusque dans la toute dernière œuvre de Debussy ». Lorsque Debussy jouait lui-même *La Soirée dans Grenade*, raconte Marguerite Long, « il n'était que profondeur, attirance, enveloppements, envoûtements inexplicables ». L'envoûtement « hypnotique » amène naturellement au sommeil. Debussy, tel Bach dans les *Variations Goldberg*, cite deux chansons populaires dans *Jardins sous la pluie* :

« Nous n'irons plus au bois », et « Dodo, l'enfant do, l'enfant dormira bientôt », air et paroles qu'il aimait beaucoup.

Nous retombons en enfance avec Debussy, dans le sommeil des origines, comme on y retombe à un moment ou à un autre quand on est avec Bach (il y a beaucoup de berceuses dans ses cantates). *La Soirée dans Grenade* applique un procédé harmonique inventé par Ravel quelques années auparavant, d'où une polémique entre les partisans des deux compositeurs. (On sait qu'il y a un couple Ravel-Debussy, comme il y a un couple Monet-Manet.) (Mozart : « J'ai volé un thème de Clementi ? Mais regardez sa sonate, le thème s'y trouve toujours ! »)

Mendelssohn et Bach

La musique de Bach imprègne depuis toujours et pour toujours la famille Mendelssohn, et particulièrement, comme en témoignent ses compositions, ses interprétations et ses déclarations, Jacob Ludwig Felix Mendelssohn Bartholdy.

Felix Mendelssohn (1809-1847), est mort jeune, à trente-huit ans, quelques mois après sa sœur Fanny (1805-1847), compositrice et pianiste, de la même maladie qu'elle... Magnifique musicienne, hélas détournée de son art par son frère (même s'ils s'adoraient) parce qu'elle était une femme, donc non destinée à se produire en public. Et cela bien qu'elle eût joué par cœur à treize ans l'intégrale des préludes du Livre 1 du *Clavier bien tempéré* de Bach et composé à quatorze ans sa première œuvre importante – pendant que son frère, entre douze et quatorze ans, composait toutes ses symphonies pour cordes. Le frère et la sœur eurent des rapports parfois difficiles, mais ils s'aimaient – et parce qu'ils s'aimaient. Et Fanny eut la chance d'avoir un mari, Wilhelm Hensel, qui fit beaucoup pour son immense talent malgré sa condition de femme du XIXe siècle. Il était peintre et dessinateur de bon niveau, de jolis portraits de Fanny en témoignent (Felix fut aussi un peintre et un dessinateur doué, mais presque méconnu en tant que tel).

Il faudrait raconter jour après jour la vie de Felix Mendelssohn pour être exhaustif en ce qui concerne son rapport fusionnel avec Bach, étonnant, frôlant l'irréalité.

L'un des aspects les plus frappants de cette fusion, Bach étant mort et oublié depuis longtemps, est le rôle primordial que joua Felix à l'âge de vingt ans dans la reprise après quasiment un siècle de la *Passion selon saint Matthieu*, à Berlin, le 11 mars 1829 à 6 heures du soir salle de la Singakademie…

Les critiques ont dit parfois que sans Felix Mendelssohn Bach n'existerait plus. Sans parler de Haendel, de Beethoven, mais c'est une autre histoire, et d'ailleurs Mendelssohn a aidé tous ses contemporains musiciens.

Il a aussi ressuscité Jean-Sébastien en interprétant des œuvres composées par « Mendelssohn » mais qui « sonnent » Bach, il existe même un disque de 2020 intitulé *Bach chez les Mendelssohn*.

La naissance de la guitare

À propos d'imitation, de dissonance, d'invention, évoquons le vihueliste (*vihuela* : ancêtre de la guitare) et guitariste espagnol Alonso Mudarra, premier compositeur à avoir écrit pour la guitare, auteur de la célèbre *Fantaisie qui contrefait la harpe à la manière de Ludovic* (écrite pour vihuela). Le Ludovic dont il est question était le harpiste quasi officiel de la cour d'Espagne. Dans le souci de pouvoir jouer des notes diésées sur son instrument, il usait d'une sorte de clé de fortune avec un résultat sonore qui devait être approximatif, à en juger par l'imitation que fait Mudarra de son jeu : la deuxième partie de sa *Fantaisie* est pleine de dissonances, et Mudarra a écrit de sa main, à même la partition – c'est drôle et émouvant : « De là jusqu'à la fin il y a quelques fausses notes, bien jouées elles ne font pas mauvais effet (*no parecen mal*) ». Les inventions importantes ont souvent plus d'un inventeur, mais on admet généralement que Mudarra, imitant Ludovic et se moquant un peu de lui, a de ce fait « inventé » les dissonances, le plaisir volontaire et conscient de la « fausse » note.

Guitare, 1

Debussy disait de la guitare : « C'est un clavecin, mais expressif. » À ce sujet, n'oublions pas que Bach, qui rêvait précisément d'un clavecin au son prolongé et, justement, expressif, se fit construire en 1740 un clavecin-luth par le facteur d'orgues Zacharias Hildebrand, tentative de synthèse des deux instruments. N'oublions pas non plus qu'il composa et transcrivit pour le luth – le cas le plus étonnant est celui de la fugue de la *Sonate n° 1* pour violon seul, transcrite pour le luth, puis pour orgue –, qu'il jouait du luth et qu'il connut le célèbre luthiste et compositeur Sylvius

Leopold Weiss. La guitare est un instrument de la solitude, sur lequel on se replie, instrument des origines qui fait entendre le son primitif du bois, instrument dont les divers ancêtres à cordes pincées ont été, en Grèce et dans le monde antique, « l'outil de la science pythagoricienne de la musique : la division des intervalles musicaux, matérialisés par les frettes sur le manche, produisait une gamme ou un mode servant de base aux intonations de la voix. En harmonie avec l'univers, l'échelle des sons constituait un système permettant à l'âme de se rapprocher du monde des idées », écrit Michel Amoric dans le *Guide de la guitare*. Et en Orient, dit-il encore, « un moyen de concentration mystique », « une recherche spirituelle "chironomique" » (par le mouvement des mains), instrument de la répétition obsédante également aux XVIe et XVIIe siècles : « Les musiciens espagnols cultivent la forme *diferencias* – c'est-à-dire thème et variations – avec une obstination telle que ce genre musical paraît leur appartenir en propre. [...] Oui, l'art de la *chitarra spagnuola* (comme l'appelaient les Italiens) se bornait à répéter, avec l'insistance des musiques primitives, les rythmes et l'harmonie simple de diverses pièces, toutes d'origine nettement populaire. » Les premières variations de l'histoire de la musique sont peut-être l'œuvre du vihueliste Luys de Narváez, dans son *Guardame las vacas* à partir d'une chanson populaire, « Si tu garde mes vaches », dit la bergère au berger, « en échange je te donnerai un baiser ». Certaines *diferencias* furent exportées d'Espagne, ainsi, outre la chaconne et la passacaille, les célèbres « folies d'Espagne », dont le thème mélodique appartient au fonds populaire et fut exploité par un nombre considérable de musiciens de tous pays : Bach bien sûr (par exemple dans la *Cantate burlesque* dont nous avons parlé),

Vivaldi, Haendel, Corelli, Liszt, pour ne citer que quelques noms connus.

La guitare est l'instrument de la répétition obsédante : évidemment dans le flamenco, qui recueille de l'univers baroque l'héritage des *diferencias,* mais aussi le goût de la transmission orale et du secret.

Guitare, 2

Instrument de l'âme, sonorité immatérielle (le luth est appelé « l'instrument des anges »), la vibration d'une corde qui s'éteint donne l'impression qu'elle nous emporte avec elle dans le silence (Edward Lockspeiser : « Debussy s'intéresse aux longues résonances, il guette leur trajectoire dans l'espace jusqu'à l'évanouissement du dernier son harmonique »), l'impression que nous devenons le son (Andrés Segovia : « Quand je joue certaines notes avec délicatesse, il me semble qu'elles viennent de moi, qu'elles sont produites par mon propre corps », en quelque sorte qu'elles sont lui). Cet aspect des choses ne pouvait que fasciner Debussy, qui rêvait de se transformer en musique, et se dédoubla littérairement en un « Monsieur Croche »...

Si l'on ajoute à cela, comme l'écrit Michel Amoric, que la guitare « est un instrument qu'on peut travailler journellement très longtemps dans des espaces restreints », on est d'accord avec lui lorsqu'il affirme aussi que « le guitariste est prédisposé, par son isolement et son labeur, à l'introversion qui peut quelquefois prendre un caractère névrotique », ainsi Roderick Usher dans *La Chute de la maison Usher* d'Edgar Allan Poe.

Oui, les thèmes qui sont à l'origine des *diferencias* sont courts et les imitations obsessionnelles auxquelles ils donnent naissance pourraient être sans fin, mais comment interrompre le mouvement par lequel on s'arrache à l'inexistence, par lequel on se fabrique, on s'engendre, on se crée soi-même?

Guitare, 3, et chant flamenco

Quand Debussy écrit : « Je suis atteint de la maladie de ne pas finir », ou : « Achever une œuvre, n'est-ce pas un peu comme la mort d'une personne qu'on aime ? », on comprend son goût pour les musiques de l'envoûtement, de Bach au flamenco.

Es imposible callarla, « impossible de la faire taire », dit, à propos de la guitare, le célèbre poète espagnol Federico García Lorca – et Michel Amoric : « Ceux qui ont pratiqué la guitare *flamenca* savent combien il est difficile de terminer des *soleares* ou des *siguiriyas*. On est pris dans une sorte de tourbillon où une *falseta* (variation) en appelle une autre, indéfiniment, où le rythme devient un envoûtement, un vertige. »

On sait la passion du compositeur Manuel de Falla pour le chant flamenco, et qu'il organisa en 1922 un concours de *cante jondo* (« chant profond »), qui existe encore aujourd'hui. Il est certain que ce qui fascinait Debussy et Manuel de Falla dans le flamenco, au-delà de l'Andalousie et de l'Espagne, est un élément archaïque à propos duquel il faudrait évoquer la Grèce antique : nous pensons bien sûr à *Syrinx*, la pièce pour flûte seule de Claude Debussy.

Coplas

Obsession de la mère et de la mort dans les paroles du chant flamenco, rage impuissante et autodestructrice qui tourne en rond, image constante du cercle-rosace de la guitare, bras des danseurs qui se rejoignent au-dessus de leur tête, mouvements des doigts exécutant sur la guitare les *rasgueados* (roulements d'accords caractéristiques), conflits et tensions insolubles (les bras des danseurs se tendent vers le ciel, mais les pieds frappent le sol comme pour y prendre racine), conflits aboutissant à de cruelles situations : « Je suis très malheureux jusque dans ma démarche, les pas que je fais pour avancer me ramènent en arrière », dit une *copla*. Art de la fatalité, de la faute et du secret, de la mort révélatrice mais inaccessible, « à la fin est la sentence mais personne n'arrive à la fin », dit une autre *copla*.

Ce que Debussy entend par « arabesque », dont il parle si souvent et qu'il loue tant chez Bach, correspond aux arabesques, modulations, *melismas* du chant flamenco, ces « ornements » qui sont l'essentiel, qui sont l'image même de la vie et du destin, de la tentative d'évasion qui ramène impitoyablement au point de départ.

L'amour n'échappe pas aux diverses tortures : « À force de coups, à force de feu on forge le fer, ainsi ai-je forgé l'amour que j'ai pour toi », ou bien : « Maintenant que je suis l'enclume je n'ai qu'à supporter, si un jour je suis le marteau tu peux te préparer ! ». Les danseurs de flamenco s'approchent l'un de l'autre d'aussi près qu'il est possible mais se contorsionnent pour ne pas se toucher, car le contact serait destructeur.

« Forger », « enclume », « marteau », il faut dire que le flamenco est né dans une forge, que le métier de forgeron est exercé depuis l'Antiquité par des nomades, des gitans, que ces gitans, ces sans-foyer exercent, par leur mode de vie libre, aventureux, mystérieux, une fascination sur les autres mortels, fascination mais aussi peur et méfiance : « La caractéristique habileté des gitans pour le travail des métaux pouvait être associée [...] à des pouvoirs magiques, à des dons surnaturels, voire à des relations avec les puissances infernales », explique Danielle Dumas dans son étude sur le flamenco, *Coplas flamencas*. Et Mircea Eliade dans *Forgerons et alchimistes* : « L'attitude ambivalente à l'égard des métaux et du forgeron est attestée à peu près universellement ».

Un gitan forgeron a chanté les premiers chants flamencos au rythme des coups de marteau, d'où le nom de ces chants, *martinetes* (« marteaux de forgeron », en espagnol) et le rôle essentiel des mains dans la danse *flamenca*, du fait des figures magiques et codées qu'elles tracent continuellement.

Bach, flamenco

En allemand, « Bach » signifie « ruisseau » : « Ce n'est pas Bach [ruisseau] qu'il devrait s'appeler, mais Océan », disait Beethoven, et Pierre Vidal : pour le mieux connaître il est nécessaire d'approcher en lui l'« être vivant, dont l'immense, l'incommensurable pouvoir prenait sa source en Dieu, mais aussi dans la créature, dans sa manière d'être, d'entendre, de sentir et de voir », et pour cela « de le malaxer sans façon avec d'autres apports, de le comparer même avec ce qui peut paraître trop éloigné ». Avec le flamenco? Oui, nous l'affirmons. Évoquant l'une des *Variations*

Goldberg, le pianiste Andreï Gavrilov, qui a donné de ces variations une interprétation géniale, traversée de bout en bout par une sorte d'électricité bachienne – une interprétation de Bach doit être bien des choses, mais elle doit à coup sûr être traversée de bout en bout par quelque chose de cet ordre, par une haute tension pourtant souple, libre, naturelle comme l'est en nous la tension vitale –, Andreï Gavrilov parle du « tendre raclement d'une guitare espagnole », rapprochement (avec l'art flamenco) qui s'est sans doute présenté un jour ou l'autre à l'esprit de tous les amateurs de flamenco et de guitare espagnole, par exemple (mais ce n'est qu'un exemple parmi beaucoup d'autres) lorsqu'ils entendirent une transcription pour guitare de la célèbre chaconne (*Partita en* ré *mineur*, BWV 1004).

« Qui sait même », demande le musicologue Marc Pincherle dans une lettre à Andrés Segovia, « si on ne lui découvrira pas un jour quelque lien direct avec la guitare ? On ne peut s'empêcher de remarquer la parfaite convenance du ton de *ré*. Le schéma harmonique, en plus d'un endroit (en particulier dans presque toute la dernière page de la *Partita*), reproduit l'une des progressions types de la musique populaire andalouse, dont la guitare est le moyen d'expression traditionnel », sans parler des mélismes, de l'étirement à l'extrême des syllabes (au bord du point de rupture), des arabesques vocales (trente-quatre notes pour une seule syllabe dans le *Magnificat*...).

L'argent

Pour une famille pauvre, l'argent est le moyen d'accéder à l'existence, à la vie. De même que le nom propre, dans un autre registre : se faire un nom, s'engendrer dans un nom, se créer par le nom – la création verbale est une forme de la création artistique toujours décelable chez les « grands inexistants », écrivains ou non. Il est remarquable que Wagner (« ce fut sur la poésie et la musique que se porta le plus résolument et avec le plus d'insistance mon zèle d'imitation ») et Debussy soient aussi des écrivains, tout comme Bach, serions-nous tenté d'ajouter, en partie parce qu'il lui arriva, à l'occasion de telle ou telle cantate, de rédiger quelques mots et d'apporter quelques retouches à un texte, mais surtout parce que son principal librettiste à Leipzig, le poète Picander, par sa « médiocrité » même, peut être considéré comme un simple instrument entre les mains dc Bach, la plume que tient sa main, comme si, par hasard ou par destin, il était dit que Bach ne dût avoir affaire qu'à des auteurs qui n'étaient qu'un élément extérieur à lui-même, qui n'étaient là, modelables à merci, que pour lui permettre d'être pleinement lui-même.

À propos de noms propres, ne laissons pas passer ce Picander, qui s'appelait en réalité Henrici, mais qui s'était donné à lui-même le nom de Picander, « l'homme-pie », à la suite d'une partie de chasse au cours de laquelle, croyant tirer sur une pie, il avait étendu un paysan sur le terrain. Peut-être avait-il été la proie inconsciente du *duende*, en quelque sorte un « démon », mot peu traduisible désignant le moment le plus intense de l'art flamenco (moment célébré par Federico García Lorca dans un magnifique entretien).

Famille

« Il est de fait que les lignes gracieuses, fugitives, que dessine la musique de Fauré peuvent se comparer aux gestes d'une belle femme », remarquait Debussy – qui trouvait tout en Bach (un père, une mère, un enfant), qui se reconnaissait dans le principe féminin qui habite toute son œuvre, et ne pouvait qu'être sensible à la force sensuelle et sexuelle de cette musique, lui qui semblait « accoucher » son piano, disait-on, quand il jouait.

Parlant de Bach, « l'étonnant enfant », Stravinski écrit : « On suce le roseau des hautbois de Bach », mot enfantin qui exprime tant sur le mouvement par lequel on se confond avec la musique de « l'autre ». Et le compositeur Luc-André Marcel constate : « [...] on est très saisi par l'équilibre de sa double nature : la féminine et la masculine. Au vrai, encore que les femmes n'eussent point à Leipzig une part active aux cérémonies religieuses, elles sont celles qui, dans cette œuvre, disent toute la tendresse et toute la douceur de l'âme devant les souffrances du Christ. C'est elles qui l'aiment le plus profondément à travers les plus belles arias. Et non pas sous la forme d'entités désincarnées, ou du seul état virginal, mais bien telles qu'elles sont, telles que Bach les aime et les porte en lui. »

Richard Strauss (surtout dans les *Métamorphoses*) possède à un degré éminent une faculté d'enveloppement, d'envoûtement, à la fois anéantissant et créateur. En tant que double possible de Bach sur ce point essentiel, il est son contraire sur l'autre point essentiel, celui de la foi. Oui, certes. Souvenons-nous néanmoins des considérations du pianiste Andreï Gavrilov : « les *Variations Goldberg* sont l'une des œuvres les plus "profanes" de Bach, un chef-d'œuvre gigantesque qui n'est pas lié à la religion ou à une idéologie quelconque », comme si Bach, qui est tout, pouvait être aussi le contraire de tout, alternativement, et en même temps.

Comment ne pas penser à Wagner, au ruisselant et enveloppant flux wagnérien, course obstinée du leitmotiv, en une manière de composer qui fait penser à Bach, et à son utilisation obstinée de certains thèmes, « des orages, du serpent, de la vague, de la douleur, de la mort, de la résurrection », dit Luc-André Marcel, « il y a là une forme d'expressionnisme symbolique que l'on retrouvera chez Wagner, dont les leitmotive sont assez proches dans le principe des motifs de Bach ».

À propos de ce rapprochement avec Wagner : quel prodigieux homme de théâtre et compositeur d'opéras eût été Bach, si la ville de Leipzig ne s'était pas fermée à ce genre ! Il ne s'agit pas d'une supposition gratuite et hasardeuse, mais d'une sorte de certitude, si l'on songe à la prodigieuse adaptation de Bach aux hommes, aux lieux, aux circonstances, faculté finalement d'épouser les désirs du public sans renoncer à ce qui le constitue essentiellement et cosmiquement et qu'on retrouve toujours et partout, aussi bien dans la *Passion selon saint Matthieu* que dans un petit prélude de peu de mesures, choral miniature de quelques notes…

On sait à quel point les musiciens de jazz sont intéressés par Bach. Le jazz, musique de communion par excellence, est aussi une musique d'imitation par excellence : un nombre de thèmes – souvent des chansons – relativement restreint, un nombre infini de variations sur ces thèmes. On voit bien en quoi tous les créateurs dont nous parlons imitent la vie, persévérance de rythmes infiniment répétés d'un côté et, de l'autre, grouillement de détails infiniment fractionnés, mais implacablement soumis à la cohérence d'une loi mystérieuse, la loi de la vie.

Bach, le double

Bach, homme et femme – et enfant : « Dernière étape d'un petit qui se met dans la main du Père, dans laquelle il retourne », dit Pierre Vidal commentant le dernier choral de Bach (dicté par Bach et inachevé), *Devant ton trône je vais comparaître.* À côté des « vertigineux assemblages, on tombe tout à coup sur des figures très simples, des parties marchant naïvement mais de façon charmante sur d'enfantines octaves parallèles », dit Rebatet. Luc-André Marcel remarque : « Il y a en Bach un étonnant enfant, tant ses perceptions sont fraîches et vives et sa sensibilité à fleur de peau ».

Pierre Vidal raconte : « L'un de ses fils, à l'âge d'homme, se souvenait encore avec terreur des scènes de désespoir auxquelles s'abandonna son malheureux père lors de la disparition de Maria Barbara Bach. Pour avoir traumatisé un enfant si profondément, il fallait que ce fût terrible. Un témoin l'a vu, à l'issue d'une colère, s'enfuir en agitant les bras et en poussant de grands cris. » Réactions d'enfant en état de rage et de privation. On peut tenir pour certain que la disparition de Maria Barbara, la première femme de Bach, répondait par-delà les années à la disparition de sa mère, Elisabeth.

Comment avait réagi le père de Bach à la mort de sa femme ? Mal, d'autant plus qu'il avait perdu quelques mois auparavant un frère jumeau. Certes, il se remarie (avec une Barbara Margaretha Keul, six mois après la mort de sa femme), tente de continuer à vivre, mais en vain, le sort l'a frappé trop durement, il meurt deux mois plus tard. Dispersion de la famille, Bach remplace son père par son frère aîné, sa mère par Maria Barbara, il engendre une multitude d'enfants, remplace Maria Barbara par Anna Magdalena (« mère, sœur, ménagère, musicienne et hôtesse », dit Marc Kajanef), continue de faire des enfants et de tenir le rôle principal dans cette valse de personnes qui meurent et sont remplacées par d'autres qui jouent le même rôle qu'elles.

Force nous est de constater qu'avec le temps nous nous éloignons de plus en plus de ce qui aurait dû être et qui n'a pas été. Pourtant, vu le bas âge de l'enfant Jean-Sébastien à la mort de sa mère, il a pu connaître l'idéalisation de la personne et le remplacement solide et durable par une autre femme. Il n'ignora certes pas le désespoir, mais il en fit l'expérience sur un autre plan, purificateur, de l'esprit, du cœur et de l'âme. Il est capable de la plus haute solitude, parce qu'il a pu s'unir profondément à une femme, mais il nous manifeste une générosité et une prodigalité sans limite, il ne nous laisse jamais seuls, ne nous fait jamais défaut, et nous transforme en enfants. (Anna Magdalena : « Oui, vraiment, je me sentais enfant jusqu'à la stupidité devant cet homme. ».)

Bach, au moment de la plus grande communion avec autrui, de la plus grande fusion, est le plus totalement lui-même – c'est au moment où il nous enveloppe le plus qu'il nous laisse le plus librement respirer et nous rend totalement à nous-mêmes, infiniment enrichis de sa richesse infinie. De même nous remarquons que la plus grande clarté, la plus grande luminosité, la distinction, la séparation des voix dans ses œuvres surviennent au moment de leur plus complexe enchevêtrement.

Attiré par la mort, en laquelle il met son espoir, il s'acharne à la repousser pour jouir de cet espoir et excite notre admiration exaltée. Nous sommes toujours heureux d'être le double de Bach, de subir l'opération par laquelle il nous transforme en lui-même.

Bach a été contraint de s'engendrer lui-même fantomatiquement et réellement, c'est-à-dire qu'il a été contraint pour survivre de devenir réellement et à jamais un père et une mère. À jamais : pour protéger l'état d'enfant dans lequel la disparition précoce de ses parents l'a laissé à jamais. Et réellement : il a transformé en effet l'univers en un abri (une prison sans limites) à l'intérieur duquel ses facultés d'union, d'engendrement et de protection furent elles aussi réelles et sans limites.

Bach, mère et enfant, a été un vrai père.

Bach, lui et les autres

Bach est très différent selon ses portraits, pour ne pas dire méconnaissable parfois. Certes, se pose la question de l'authenticité des portraits, mais là n'est pas le vrai problème. Nous sommes avides de voir Bach, or son visage se dérobe, parfois le tableau lui-même disparaît, ainsi le portrait de groupe de Gottlieb Friedrich qui représente (peut-être) Bach faisant de la musique en famille.

« On eût dit que l'harmonie éternelle conversait avec elle-même, sans doute en fut-il ainsi dans le sein de Dieu juste avant la création du monde », confie Goethe au compositeur Carl Friedrich Zelter en 1827. On a souvent comparé Bach à Dieu (pour Debussy, « Bach, c'est le Saint Graal »). Celui qui n'est pas né ne saurait mourir, il est éternel et hors du temps, il est comme contraint de se créer et d'engendrer le monde à chaque instant, et à jamais. Il est toujours neuf. Et, pour être, il s'appuie sur un pur désir d'être, hors de toute contingence, de toute réalité – mais par là même il retrouve quelque réalité primordiale, primitive, non humaine.

En d'autres termes, tout émane de l'enfant, donc l'art de Bach a des sources mystérieuses mais que nous avons tous, « miracle musical », dit Wagner, toujours semblable et toujours différent.

Qui est trop parfait menace Dieu (tel est le sujet de bien des contes fantastiques), qui imite trop bien le Créateur, fût-ce pour le servir avec les meilleures intentions, se substitue à lui et devient le diable. On connaît le témoignage d'un homme entendant jouer un orgue à l'étage d'une cathédrale de Leipzig : « Si ce n'est pas Bach qui joue là-haut, c'est le diable en personne. »

L'affolante plénitude de Bach (habileté, virtuosité, métier, génie) peut éveiller un soupçon, dont on s'empresse certes de le laver. « Toute sa vie il a lutté pour humaniser le sublime qu'il portait en lui, pour équilibrer sans périr les puissances ennemies qui possédaient son âme », phrase d'un commentateur de Michel-Ange qu'étrangement le calme et raisonnable musicologue Norbert Dufourcq applique à Bach.

On peut penser, *mutatis mutandis*, à la *Messe en* si, de si longue composition, mêlant tant d'éléments divers et unifiant mille tensions. Et l'on peut se demander comment était fait le cerveau de Bach pour générer et gérer un tel exploit, c'est un mystère (Rebatet compare ce cerveau à un ordinateur !).

Pour celui qui se confond avec son œuvre, l'œuvre devient alors comme un symbole de lui-même, il y inclut le symbole qui lui tient lieu d'existence dans la vie courante, à savoir son nom : les sensations auditives sont les plus immatérielles, les moins « terrestres », et on peut dire la musique, l'art des sons, le plus maternel de tous les arts. Bach a transformé son nom en son et l'a mis partout dans ses œuvres, et celui qui vit et palpite dans ses œuvres exerce par là même un attrait, une fascination, un envoûtement auquel on ne résiste pas, il nous fixe dans les yeux, nous tend les bras, nous fait entendre une musique qui nous emprisonne à la fois par sa variété et ses subtilités toujours surprenantes et par la régularité de son rythme (« Statisme dans le dynamisme », cette formule de Jankélévitch s'applique si bien à Bach). Son regard, sa présence dans les mots, son nom nous hypnotisent tandis qu'il nous retient prisonnier du mouvement perpétuel de ses œuvres, mouvement qui est alors comme l'équivalent de tout mouvement physiologique qu'on voudra, respiratoire, cardiaque, sexuel.

« Bach avait la superstition de son nom, affirme Luc-André Marcel, il allait jusqu'à croire que sa famille était prédestinée à être musicienne du fait de la beauté de la mélodie formée par les lettres B.A.C.H., mélodie dont il ne manquera pas de souligner l'anxiété dans la quadruple fugue inachevée de *L'Art de la fugue*. »

De la découverte émerveillée de Bach par Mozart jusqu'aux hommages des compositeurs les plus récents (de Mendelssohn à Boulez) et les plus ironiques (Mauricio Kagel), les musiciens n'ont cessé de le vénérer, de subir son influence, de l'imiter de toutes les manières possibles, de le transcrire, de le citer – et même n'ont cessé, poussant plus loin l'imitation et l'identification, de composer des œuvres utilisant la signature de B.A.C.H., « si émouvante en son zigzag douloureux » selon Pierre Vidal : Liszt, Schumann, Roussel, Honegger, Max Reger, Schönberg, Webern, parmi beaucoup d'autres (ainsi Nino Rota, auteur de musiques de films, « compositeur de Fellini », qui a écrit, pour piano seul, deux valses sur le nom de Bach, et « variations et fugue » sur le nom de Bach), sans parler du plus grand imitateur de Bach, Bach lui-même.

Si Bach est la musique, tous les musiciens sont Bach, et la musique, qui semble dès ses origines mener à Bach, semble également revenir à Bach comme à un point où tout arrive, d'où tout arrive et où tout revient, avec la même ferveur.

Le mouvement officiellement nommé « retour à Bach » se situe au XIXe siècle, mais en fait ce retour commence bien plus tôt, dès la mort de Bach, ou dès l'apparition de la musique dans le monde, la première date importante étant bien sûr la découverte et l'imitation de Bach par Mozart, Mozart qui est, avec Bach, le plus grand imitateur des musiciens. Parfois il s'agissait pour lui de s'amuser, mais surtout c'était un exercice fondamental, une manière d'être, une question de vie. À cet égard, les rapports de Bach et de Mozart, leurs similitudes profondes, leur « rencontre » sont passionnants. On le sait, Mozart apprécia la « nouveauté » de Bach. Selon Schumann, « il n'existe qu'une seule source d'où l'on puisse toujours tirer quelque chose de neuf, c'est Jean-Sébastien Bach ». Revenir à celui qui est remonté à la source des choses et s'est confondu avec elle, c'est se confondre soi-même avec la source des choses. Comment, dans ces conditions, imaginer la musique sans Bach ? (« Si toute la littérature musicale venait à disparaître, ce serait chose fort douloureuse, mais si Bach disparaissait, je ne pourrais pas m'en consoler », écrit Brahms.)

Disparition de Bach, et son omniprésence

Celui qui, par inexistence, ne peut pour exister que se couler par imitation dans une forme qu'il découvre déjà constituée, qu'il n'invente pas, celui-là pourtant invente tout, car, dans son effort de vie, il épuise cette forme jusqu'à ce qu'il trouve en elle la source même de la création, le principe créateur qui lui a donné naissance. Il l'épuise au point de la pulvériser à l'instant même où il lui donne toute sa plénitude. Or il a trouvé et logé dans cette forme sa vie, et la vie, donc, il l'arrache au temps et lui confère un caractère éternel de modernité, d'originalité, d'invention, de surprise, qui est celui-là même de la vie et qui, paradoxalement, manque parfois aux inventeurs, davantage victimes du « vieillissement ». Comment expliquer sinon que des compositeurs comme Bach et Mozart ne soient pas des « inventeurs » au sens où Wagner et Schönberg sont des inventeurs ? Dans *La Pensée de Mozart*, Jean-Victor Hocquard s'interroge : « On peut s'étonner que, en pleine maturité, il [Mozart] se soit engoué de la sorte pour un langage qui était alors considéré comme périmé. » Comment expliquer, surtout, que la plupart du temps ces mêmes inventeurs qui apparemment ne l'avaient pas été jusqu'alors, tels Debussy, Stravinski, ou Schönberg, se soient réclamés non seulement d'un compositeur de musique ancienne, Bach, mais d'un compositeur considéré dès son époque comme démodé – alors que Bach avait déjà mystérieusement exploré lui-même cet aspect des choses ?

Curieuses vertus du « retour », en musique (ou dans d'autres domaines), qui touchent même ceux – « celui », à vrai dire il est le seul, qui rejette Bach, nous pensons à Berlioz, et d'ailleurs plus qu'il ne le rejette, se défend de lui, par une attitude d'élève chahuteur ou de fils qui se sent rejeté (ou se rejette tout seul) et suit en maugréant son boudeur de chemin…

…Berlioz, ce passionné de guitare disant que « la guitare est un petit orchestre » (Wagner affirmant, lui, que « l'orchestre est une grande guitare »), Berlioz, avec ses femmes idéalisées et ses bons et mauvais pères, avec ses diverses imitations, ses « faux » musicaux et ses pseudonymes, sa vocation d'écrivain, son humour destructeur, son courage et sa faiblesse, sa drôlerie et sa tristesse, sa quête perpétuelle, ce fils contrarié de Bach réinventant dans le *Requiem* la « stéréophonie » jadis « inventée » par Bach dans la *Passion selon saint Matthieu*, Berlioz, ce novateur dans le désert, cet archaïsant dont on sait qu'il n'est jamais si moderne que lorsqu'il est archaïque, ce voyageur qui tenta de revenir aux sources de sa vie, de la civilisation et de la musique (*L'Enfance du Christ*), et qui fut à sa façon victime des animaux, des chevaux – à sa façon puisqu'il était mort : les chevaux tirant son corbillard prirent le mors aux dents...

Le retour au passé est comme une tentative pour mener à bien une sorte d'enquête qui tourne court dans le présent, et par conséquent l'abandon de la polyphonie est comme un renoncement à une certaine quête. Comme un renoncement à un certain mystère, par exemple le mystère né des rapports qu'entretiennent la musique et les mots dans la musique polyphonique. Autrement dit, quand plusieurs personnes chantent ensemble des parties différentes, on a une impression de mystère parce qu'on ne comprend pas ce qu'elles disent… Il semble que la musique vocale après Bach, évoluant dans le sens de la « mélodie accompagnée », se rapproche d'une plus grande compréhension de ce qui est dit, qui est mis en avant et comme exposé en pleine lumière, et ce qui est vrai du discours des mots est vrai du discours des instruments – tandis que Bach, même lorsqu'il compose pour un instrument seul, crée une impression de voix multiples, « des fugues à quatre parties presque imaginaires », écrit Rebatet. Évoquons un autre musicien-écrivain, bien avant Bach : Luther. La partie linguistique de sa réforme, sa volonté d'une plus grande compréhension par tous du texte sacré, allait déjà dans le sens de cette évolution. Mais, à force de clarté et d'explicitation, quelque chose se perd, et il serait intéressant d'examiner comment les créateurs ont tenté de réintroduire du mystère dans les œuvres.

À propos de mort dès la naissance, il est un musicien qui faillit renoncer d'emblée à la lutte pour la vie, si chétif et mal en point qu'on le baptisa deux fois (la première parce qu'il étouffait et qu'on le croyait mourant). Il s'agit de l'énigmatique Vivaldi, le « prêtre roux » dont la rousseur fut certes en son temps remarquée et interprétée, Vivaldi et ses voyages perpétuels, le célèbre éclat de son regard, ses « névroses », disent les biographes aujourd'hui, mal définies, la maladie psychosomatique dont il souffrit dès sa venue au monde et toute sa vie, à demi mort un jour et en intense activité le lendemain. Comme Bach, il avait dans son entourage une jeune chanteuse très proche de lui, la cantatrice Anna Giraud (ou Giro), son élève, son interprète, sa petite secrétaire, assistante, mère, petite sœur, etc. Fut-elle sa maîtresse ? On ne sait pas. Vivaldi disait que non. En tout cas, elle était toujours tellement avec lui, tellement perçue comme faisant partie de lui qu'elle en perdait son identité et comme la possession de sa propre personne (les contemporains l'appelaient simplement l'« Annina del Prete rosso ».) Cette Annina ne suffisait pas à combler le besoin de présence féminine dont « souffrait » Vivaldi, entouré de jeunes filles à l'hospice de la Pietà de Venise où il enseignait et dirigeait les activités musicales, et entouré dans tous ses déplacements d'une cohorte de femmes, dont la sœur et la mère d'Annina. Vivaldi écrit dans une lettre où il se défend d'accusations et de ragots : « Ces dames m'aident beaucoup parce qu'elles savent toutes mes faiblesses. »

Après avoir connu la plus grande gloire, par un renversement total, Vivaldi meurt en 1741 comme un vagabond, à l'étranger, à Vienne, dans la solitude et la misère. Il fut inhumé avec les indigents dans le cimetière d'un hôpital, non loin d'une cathédrale où Joseph Haydn, âgé de neuf ans, avait coutume de chanter... On ne savait déjà plus qui était Vivaldi, et même on oublia jusqu'à son nom (qui dans un traité de musique italienne de 1781 n'est même pas mentionné).

Solitude : on s'étonne parfois que Bach n'ait pratiquement pas eu de disciples, qu'il n'ait pas fait école. Rien d'étonnant : celui qui a inventé la musique et le monde, nous l'avons dit, est forcément seul (Jean-Victor Hocquard parle de « Mozart l'unique », reprenant un mot de Rossini). Il peut tout transmettre, sauf cette invention qui est totale et qui est lui-même. C'est tout ou rien, solitude, misère, oubli de Vivaldi comme de Bach.

C'est d'ailleurs le « retour de Bach », sa renaissance, sa résurrection, qui provoqua celle de Vivaldi, qui réveilla Vivaldi de son long sommeil à la fin du XIXe siècle et au début du XXe, lorsqu'on chercha à savoir le nom des auteurs des concertos transcrits par Bach.

Bach fascinait, mais il fut fasciné par Vivaldi, au point qu'on a pu l'accuser d'être musicalement un sous-Vivaldi…

La fin du début

Les supérieurs de Bach, dès qu'ils le surent très malade, se demandèrent aussitôt qui pourrait être son remplaçant. Bêtise et cruauté des médiocres, ils allèrent jusqu'à faire auditionner Harrer, ce chef d'orchestre de Dresde détesté par Bach. Bach, humilié comme il l'avait été si souvent, entreprit sa dernière lutte et tint bon (un an) jusqu'à ce que Harrer regagnât Dresde. Puis cataracte, cécité… Il y eut les deux terribles opérations pratiquées par John Taylor, et des médicaments inadéquats dont on sait qu'ils affaiblirent Bach et contribuèrent à sa perte.

Il mourut pauvre, et laissa Anna Magdalena dans des difficultés matérielles. Elle réclama les honoraires de Bach pour le semestre en cours. On la paya, mais comme Bach (mort le 28 juillet) avait pris ses fonctions à Leipzig un mois de février, vingt-sept ans auparavant, et avait été payé le semestre entier, le Conseil fit un calcul et déduisit de la somme due à Anna Magdalena 21 thalers et 21 groschen !

Harrer revint aussitôt à Saint-Thomas.

Anna Magdalena mourut dix ans plus tard dans un dénuement total.

À la mort de Bach, il ne manqua pas de contemporains – il suffit de lire les annonces de décès – qui ne savaient même pas qu'il avait composé de la musique. On regretta l'organiste, le virtuose. Son fils Carl Philipp Emanuel fit éditer *L'Art de la fugue*, en vendit une trentaine d'exemplaires en six ans, et finit par se débarrasser des cuivres de la gravure en les vendant au poids…

L'argent a un rôle vital pour ceux qui ont souffert d'un manque originel, et le musicologue Roland de Candé évoque le « sentiment d'insécurité » de Vivaldi, « qui explique sa sauvagerie, son âpreté financière, son entourage familier de femmes attentives ». Et si Bach « eut toute sa vie la nostalgie de la mort et une nostalgie presque voluptueuse, il le dut à sa précoce situation d'orphelin », analyse Luc-André Marcel, qui voit là un trait « proprement infantile », la nécessité de « penser à cet ultime lit de la mort et d'y faire tout converger », à cette mort révélatrice et libératrice, fuie et recherchée en un mouvement perpétuel, qui renouera enfin ce qui a été dénoué, cette mort à la fois appelée et tenue à l'écart par les prodigieux ressassements de Bach – le manque initial est comme un germe à la fois de vie, de croissance vitale, et de mort (développement d'une maladie transmise donc transmissible), qui en effet peut expliquer bien des choses de la vie et de l'art de la composition chez ceux qui en sont porteurs. Ainsi nous ne savons pas pourquoi Vivaldi fut frappé de maladie et de mort dès sa naissance, nous ne savons rien de son manque, mais ce que nous savons en revanche c'est l'attrait hypnotique exercé par Vivaldi sur Bach, qui obstinément l'a transcrit, copié, recopié, reproduit lui-même, « çà et là un renforcement harmonique, quelques touches rythmiques et contrapuntiques, le cerne d'un détail, l'embellissement d'une phrase, et déjà nous entendons moins du Vivaldi que du Bach », explique Luc-André Marcel.

Il faut croire que Bach avait dû extraordinairement se reconnaître en Vivaldi, être fasciné par l'allégresse, par l'allant, la lumière, l'obstination des formules simples et répétées, par l'imitation de la nature, par les symétries et les échos, fasciné aussi et surtout par l'ombre, la tombée du jour, la nuit, le sommeil, le rêve, la mort, et par une anxiété aussi immense que la sienne.

Et Stravinski arrangea pour orchestre les *Variations canoniques*, afin de les révéler au public, car il trouvait que l'œuvre n'était pas assez connue. Il est curieux que des artistes comme Bach aient pu avoir besoin à un moment ou à un autre, d'une manière ou d'une autre, par certaines personnes plutôt que par d'autres, d'être découverts, ou reconnus, ou défendus par d'autres eux-mêmes. Par des enfants, adorables ou contestables ? Par Felix Mendelssohn ?

N'abandonnons pas Stravinski sans avoir reparlé guitare, puisqu'il s'intéressa à cet instrument. On sait que, parcourant les « livres de tabulatures de guiterre » du guitariste, luthier et éditeur français Adrian Le Roy (1520-1598), il admira cette musique qu'il trouva moderne et composa pour la guitare, par exemple dans la version orchestrale du *Tango*.

N'abandonnons pas non plus Mendelssohn sans avoir reparlé guitare : beaucoup d'œuvres transcrites, un grand disque portant deux seuls mots écrits en gros caractères, « Mendelssohn », « guitare »...

Instrument fascinant, toujours là et jamais vraiment là dans l'histoire de la musique, qui s'est tant prêté aux compositions académiques et sirupeuses, et qui se prête si bien aux recherches les plus hasardeuses et les plus brutales de musiciens novateurs (sans parler de l'art flamenco).

Imiter quelqu'un, c'est l'admirer, faire la même chose que lui, le reproduire, le recréer, le faire naître, renaître, le servir, lui rendre hommage, s'effacer, s'incliner devant lui, se mettre à sa place, se substituer à lui, le ridiculiser, l'abaisser, le réduire à néant, le tuer. Sous divers masques, l'idée de meurtre est toujours présente. On connaît la valeur des noms propres pour Debussy, et sa vénération quasi religieuse pour Jean-Sébastien. Est-ce en toute innocence qu'il a écrit son cruel *Martyre de saint Sébastien*? Et complètement par hasard qu'il est allé assister au « grand sacrifice » d'une corrida en Espagne à Saint-Sébastien?

Il y a dans Bach, par sujet religieux interposé, une dénonciation des méchants, dénonciation enfantine, véhémente, sauvage, accusatrice, vengeresse, meurtrière, par exemple dans la cantate BWV 18 (« Protège-nous, père fidèle, des crimes abominables et des blasphèmes, de la fureur et de la rage des Turcs et du pape »), ou encore, même sujet, dans la cantate BWV 126 (« Tiens-nous, Seigneur, dans ta parole, et combats les crimes du pape et des Turcs »).

Bach admirait, comme organiste et comme compositeur, le maître hollandais Jan A. Reinken (1623-1722), qui donc s'appelait Jan, presque comme lui, et Adam, comme Adam. Bach fit deux voyages, en 1700 et 1720, pour aller écouter Reinken jouer de l'orgue. Il a transcrit, arrangé certaines pièces de Reinken (de l'une d'entre elles, le claveciniste Bob van Asperen dit qu'elle a connu sous la plume de Bach « une résurrection prodigieuse »). On lit dans la nécrologie de Bach l'anecdote suivante : « À cette époque, vers l'an 1722, il entreprit un voyage à Hambourg, et, en présence des autorités municipales et de nombreuses autres personnalités de la ville, il joua pendant plus de deux heures sur les belles orgues de l'église Sainte-Catherine, à l'admiration de tous. Le vieil organiste de l'église, Jan Adam Reinken, qui avait alors presque cent ans [un père, vraiment...], l'écouta avec ravissement. À propos du choral *An Wasserflüssen Babylon*, qu'à la prière de l'assistance notre Bach exécuta en improvisant fort longuement, pendant presque une demi-heure, avec diversité, comme avaient jadis coutume de le faire les vaillants organistes hambourgeois aux vêpres du samedi, Reinken lui adressa le compliment suivant : je croyais cet art mort, mais je vois qu'il vit encore en vous. Ces paroles étaient d'autant plus inattendues que bien des années auparavant, il avait lui-même composé ce choral de la manière évoquée ci-dessus. Chose que n'ignorait pas notre Bach, qui savait aussi qu'il avait toujours été envieux. Sur ce, Reinken l'invita chez lui et lui témoigna force civilités. »

Interprétation

L'interprétation musicale (de même que la lecture d'un texte écrit, et à plus forte raison son commentaire, son « interprétation ») est une forme de l'imitation. Plus un créateur « inexistant », donc imitant et créant la vie même, est doué de génie, plus il attire d'autres inexistants qui en l'imitant cherchent eux-mêmes la vie. D'où le désir de tant de personnes d'être Bach : « Je dois vivre ici (à Leipzig) en état de perpétuelle contrariété, toujours persécuté et entouré d'envieux », déplore Bach dans une lettre à son ami Erdmann. D'où, aussi, une certaine catégorie d'interprètes de Bach qui, faute d'une vérité intérieure propre et distincte, ont décidé d'être Bach (de le remplacer) par imitation extérieure, usent d'instruments imités des instruments d'époque, jouent selon des traités musicaux d'époque, parfois portent des perruques (et même interprètent le rôle de Bach au cinéma), bref, parviennent à accomplir le meurtre dont nous parlions.

En effet, vouloir maintenir de force la musique dans l'état où elle était à sa naissance, outre que c'est illusoire et que notre oreille n'est plus l'oreille d'un auditeur du XVIIIe siècle, c'est empêcher un enfant de grandir, c'est l'étouffer au berceau. Remarquons le cas pour ainsi dire inverse des interprètes qui veulent être Bach non pas en tentant de se transformer en Bach, mais en s'obstinant à transformer Bach en eux-mêmes. Remarquons aussi à quel point le fantasme de l'authenticité a la vie dure, plus voyant, plus spectaculaire que le fantasme de l'objectivité, lui-même tout aussi illusoire (mais plus intéressant).

Remarquons encore que les conversations autour de ce problème des interprétations « à l'ancienne » se sont un peu calmées, sont devenues moins fréquentes et moins âpres, sauf pour Bach. Lorsqu'il s'agit de François Couperin ou de Johann Kuhnau, politesses, compromis, sourires plus ou moins forcés, les gens finissent par s'entendre et se quittent sans haine durable. Mais le débat autour de Bach fait vite tirer les couteaux : c'est que Bach étant la vie même, se l'approprier devient une question de vie ou de mort. Et puis il y a dans Bach cet élément d'abstraction pure en même temps que de vie pure qui résiste à tous les traitements, même les mauvais, anciens ou modernes. Remarquons enfin que cet élément semble interdire toute interprétation idéale de Bach, que la distance entre un interprète et cette interprétation idéale semble plus grande que pour tout autre musicien.

En d'autres termes, on n'atteint vraiment Bach que dans le secret de notre esprit, c'est très troublant, comme s'il était Dieu.

Jean-Sébastien Bach

Du point de vue du contact, de la tendresse et du don, Jean-Sébastien Bach ne tranche jamais et noue sans cesse, et, accomplissant pleinement et harmonieusement (aussi pleinement et harmonieusement que sont ensemble le corps et l'âme) son union terrestre et son union céleste, il réunit la terre et le ciel.

Table

Achevé d'imprimer en octobre 2023
dans les ateliers de la Nouvelle Imprimerie
Laballery
à Clamecy (Nièvre)
N° d'éditeur : 2870
N° d'édition : 615 012
N°d'imprimeur : 309657
Dépôt légal : novembre 2023

Imprimé en France